W9-BAS-953

Para Grigou y Félix, mis dos amores.
Ch. P.

Aunque tiene la nacionalidad francesa, **Florence Ducatteau** nació y vive en Bruselas. Titulada por el Instituto de las Artes de Difusión en la Sección de Teatro, ha formado parte de los equipos de creación del Théâtre des Quatre Mains y del Théâtre Loyal du Trac. Licenciada en Psicología por la Universidad Católica de Lovaina La Nueva, en la actualidad ejerce de psicóloga de orientación psicoanalítica. Ha escrito y ha publicado cómics y novelas juveniles desde 2002 (en las editoriales Milan, Hatier, Averbode y Erpi). Colabora también en diversas revistas juveniles.

Chantal Peten nació en Bélgica en 1974. Estudió Ilustración y Cómic en la Academia de Bellas Artes de Bruselas. Actualmente es ilustradora y diseñadora gráfica e infográfica. Ha publicado varios cómics para niños en las editoriales Pastel, Alice y La Renaissance du Livre. Ha utilizado para la serie «Osito y Léontine» una técnica mixta que combina el lápiz de color, el rotulador y la tinta.

Publicado por vez primera, bajo el título original *La Rencontre*, por La Joie de lire SA (5 chemin Neuf, CH – 1207 Genève).

La Rencontre © 2010 Editions La Joie de lire SA

Copyright de esta edición: © Editorial Flamboyant S. L., 2012
Copyright de la traducción: © Gabriel Cereceda Oyón, 2012

Corrección de textos: Raúl Alonso Alemany

Primera edición: marzo, 2012
ISBN: 978-84-939877-0-1

Impreso en TBB, Eslovaquia.

www.editorialflamboyant.com

Reservados todos los derechos.

Osito y Leontina

El encuentro

Florence Ducatteau y Chantal Peten

Osito vive lejos de todo.

Sin vecinos, sin amigos, está bien así.

Un día, Osito recibe una carta.
¡Una carta de una niña!
Se llama Leontina. Es su nueva vecina.

A Leontina le gustaría jugar con él.
Pero Osito no necesita a nadie.
Además no le gustan las niñas.

Al día siguiente,
Osito recibe otra carta de Leontina.

Osito murmura:

—Seguro que le gusta el rosa y los corazoncitos. ¡Puaj!

—Si piensa que voy a responder...

Osito se pone nervioso.
Piensa demasiado en las cartas de Leontina.

Y encima llueve....

Osito no ha dormido bien.
No logra olvidar que tiene una nueva vecina.

—Hola —dice Leontina sonriendo.
—... Grrrr.

—¡Vete a jugar a otra parte! —refunfuña Osito.
—¡Oye, ten cuidado! —contesta Leontina—.
¡Los sedales se han enredado!

—¡Ten cuidado tú! —gruñe Osito—.
No sabes ni pescar.

—Claro que sé pescar —responde Leontina—. Tú eres el que...

¡PLUF!

—¡Nos hemos empapado! —dice Leontina riendo.
Y se ríe tan fuerte que Osito también tiene que reírse.

—Qué bien, el sol —suspira Leontina.
—... Mmmm.

—¿Vamos a jugar? —pregunta Leontina.
—Si quieres...

—¿Te gusta mirar libélulas? —pregunta Osito.
—No sé, ¿qué son las li-bé-lu-las?

—Hum... ¿Leontina?

—¿Qué?

—... ¿Vas a volver mañana?